ALEXANDRE RAMPAZO

IMENSAMENTE PEQUENO

2ª EDIÇÃO

2023

Texto e ilustrações © ALEXANDRE RAMPAZO, 2023

1ª edição, 2021

DIREÇÃO EDITORIAL	Maristela Petrili de Almeida Leite
COORDENAÇÃO DE EDIÇÃO DE TEXTO	Marília Mendes
EDIÇÃO DE TEXTO	Ana Caroline Eden
COORDENAÇÃO DE EDIÇÃO DE ARTE	Camila Fiorenza
PROJETO GRÁFICO	Alexandre Rampazo
ILUSTRAÇÃO DE CAPA E MIOLO	Alexandre Rampazo
COORDENAÇÃO DE REVISÃO	Thaís Totino Richter
REVISÃO	Nair Hitomi Kayo
COORDENAÇÃO DE *BUREAU*	Everton L. de Oliveira
PRÉ-IMPRESSÃO	Ricardo Rodrigues, Vitória Sousa
COORDENAÇÃO DE PRODUÇÃO INDUSTRIAL	Wendell Jim C. Monteiro
IMPRESSÃO E ACABAMENTO	HRosa Gráfica e Editora
LOTE	779681
COD	120004566

Dados Internacionais de Catalogação na Publicação (CIP)
(Câmara Brasileira do Livro, SP, Brasil)

Rampazo, Alexandre
　　Imensamente pequeno / Alexandre Rampazo ; ilustrações do autor. - 2. ed. - São Paulo : Santillana Educação, 2023.

　　ISBN 978-85-527-2588-6

　　1. Literatura infantojuvenil I. Título.

23-153770   CDD-028.5

Índices para catálogo sistemático:
1. Literatura infantil   028.5
2. Literatura infantojuvenil   028.5

Cibele Maria Dias - Bibliotecária - CRB-8/9427

Reprodução proibida. Art.184 do Código Penal e Lei 9.610 de 19 de fevereiro de 1998.

Todos os direitos reservados

EDITORA MODERNA LTDA.
Rua Padre Adelino, 758 - Quarta Parada
São Paulo - SP - Brasil - CEP 03303-904
Vendas e Atendimento: Tel. (11) 2790-1300
www.moderna.com.br
2023
Impresso no Brasil

LEITURA EM FAMÍLIA
Dicas para ler
com as crianças!

http://mod.lk/leituraf

Augúrios da inocência

Ver um mundo num grão de areia,
E um céu numa flor do campo,
Capturar o infinito na palma da mão
E a eternidade numa hora.

William Blake

Todas as vezes que o menino sentia
algo novo crescendo dentro do peito,
imaginava, à sua maneira,
o tamanho que o mundo tinha...

... e como todas as coisas novas
cabiam dentro dele mesmo.

Sentia-se pequeno diante de tanto novo.

Cheiros...

Sensações...

Lugares...

Sonhos...

Segredos...

Um mundo.

E foi assim, de uma hora
para outra, que aconteceu:

— Sou mais gigante que uma baleia...

... maior que o oceano ou um planeta...

... tão imenso como o Sol...

... sou mais — dizia o menino
crescido, diante das miudezas.

O menino não cabia no mundo
e o mundo não cabia no menino.

E diante de tudo aquilo,

do novo que era viver e crescer,

ele se sentia...